Pierre BATAIL

au clair
de la lune

Comédie en un acte, en vers

ALGER

J. GERVAIS-COURTELLEMONT & Cᵉ, ÉDITEURS D'ART

6, Boulevard de la République. 6

1893

AU CLAIR DE LA LUNE

Pierre BATAIL

—+—

au clair
de la lune

Comédie en un acte, en vers

REPRÉSENTÉE POUR LA PREMIÈRE FOIS

le 16 Février 1893

AU THÉATRE MUNICIPAL D'ALGER

ALGER
J. GERVAIS-COURTELLEMONT & Cie, ÉDITEURS D'ART
6, Boulevard de la République, 6
—
1893

PERSONNAGES

PIERROT.............. M. JEAN COQUELIN.

COLOMBINE........... Mlles PATRY.

ISABELLE.............. BARETY.

Sérénade chantée par M. TRICOT, du Théâtre Municipal d'Alger

Un jardin, au soleil couchant. A droite, la maison de Colombine

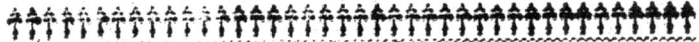

AU CLAIR DE LA LUNE

COMÉDIE

SCÈNE I

PIERROT — COLOMBINE

COLOMBINE

Tu me fais rire, avec ton amour et tes pleurs,
Car j'ai peu de pitié pour les saules pleureurs,
Pour ces hommes qui sont, assommants Lovelaces,
Constamment déguisés en fontaines Wallaces ;
Qui, dociles et doux ainsi qu'un chien couchant,
Croient nous apitoyer peut-être en pleurnichant
Et qui, prenant un air et piteux et morose,
S'imaginent qu'un cœur est fait pour qu'on l'arrose
De larmes — comme l'est la pierre d'un tombeau.
En vérité, Pierrot, je te trouve fort beau ;
J'admire tes yeux noirs, ton nez et ton teint blême,
Qui te font ressembler à la lune elle-même,

Mais ne veux nullement, moi qui toujours souris,
Frotter ta face humide à ma poudre de riz.

PIERROT

Cruelle ! dans mon cœur ta voix fit une brèche,
Et depuis ce jour-là, vois-tu, je me dessèche
Comme, quand vient l'hiver, un doux rosier mourant,
Comme dans un baril se dessèche un hareng.
Vois, je suis sec à rendre une trique jalouse,
Plus maigre que ne l'est en juin une pelouse ;
En un mot je me meurs, ma chère, et je pâlis
Comme un mouchoir à la lessive — ou comme un lys.

COLOMBINE

Tes couleurs reviendront avec la fleur nouvelle.

PIERROT

Donc tu me fuis ainsi que le chien de Nivelle
Et j'ai beau te prier, te supplier...

COLOMBINE

Bonsoir.

PIERROT

Colombine, mon cœur, mon trésor...

COLOMBINE

Va t'asseoir !

PIERROT

Tu ne m'aimes donc pas ?

COLOMBINE

                        Eh parbleu ! j'imagine
Que cela doit se voir assez rien qu'à ma mine.

PIERROT

Ecoute.

COLOMBINE

        Pas un mot.

PIERROT

                        Sais-tu bien que je vais
La mort dans l'âme et blanc comme un cent de navets ;
Que moi, toujours si gai, si léger d'habitude,
Je marche maintenant, giflé par le vent rude,
Sans aucun but, comme un bateau sans gouvernail
Ou comme un Marseillais qu'on aurait privé d'ail.

COLOMBINE

Que veux-tu que j'y fasse ?

PIERROT

                        Eh pardi ! que tu m'aimes ;
Que dans mon âme douce et craintive tu sèmes

La joie et le bonheur, ma mie, avec tes yeux.
Et tu me verras rire et je serai joyeux
Comme un âne qu'on lâche en un pré d'herbe tendre.

COLOMBINE

Attends. Peut-être un jour...

PIERROT

                 Mais je suis las d'attendre !
Songe donc que depuis déjà de bien longs mois
Je dompte mes désirs et calme mes émois :
Que je suis fatigué de ces attentes vaines :
Que mon sang bout — tel un pot-au-feu — dans mes veines,
Et que je vais sans doute éclater, à la fin.
Tant j'ai soif de ton corps, ma Colombine, et faim
De ces baisers brûlants dont ta lèvre est avare.
Car on peut parcourir la France et la Navarre
Pour trouver une bouche aussi mignonne — et puis
Des yeux aussi charmants, profonds comme des puits.
Sans compter, en passant, le reste que j'oublie :
Des pieds à mettre en poche ; une taille jolie
Et frêle, qu'on tiendrait volontiers là-dedans.
Ton nez, une merveille aquiline ; des dents
Qui n'ont jamais connu la poudre dentifrice :
Toutes les qualités enfin et pas un vice.
Telle tu m'apparais, ô mon amour... Je crois
Que pour te posséder je me mettrais en croix,
Si tu voulais ici remplacer Magdeleine.

Nul parfum ne saurait égaler ton haleine,
Et je veux que le ciel m'écrase — je le veux ! —
Si tout l'or du soleil fait pâlir tes cheveux.

COLOMBINE

Eh ! là, qu'un amoureux est sot quand il vous flatte.
Tu me ferais rougir.

PIERROT

Tu vois bien que j'éclate !

COLOMBINE

Non, pas ici.

PIERROT

Pour toi, j'irais je ne sais où
Comme un ballon non dirigeable — comme un fou.
Je ferais, j'en suis sûr, des choses insensées :
Des choses qui ne sont jamais dans tes pensées,
Par exemple un voyage au pôle Nord — ou chez
Les Touareg, des gens très bien, fort recherchés
Qui, menaçant toujours le ciel avec leur lance,
Semblaient tout indiqués pour garder... le silence.
Tragique comme feu Mélingue ou comme Agar,
Oui, j'irais sur les bords lointains de l'Igharghar.
Monté sur des coursiers prompts comme des gazelles
Ou des chameaux auxquels il pousserait des ailes,

Je voudrais, en dépit du soleil et des vents,
Traverser le désert et ses sables mouvants ;
Je voudrais, parcourant et les mers et les terres,
Chasser des lions roux et tuer des panthères ;
Pêcher de gros requins à la ligne et — qui sait ? —
Prendre à l'hameçon des baleines — pour corset.
Car vrai, tu ne sais pas ce dont je suis capable
Ni ce que je ferais pour me rendre agréable.
Tiens ! je m'exposerais aux plus grands accidents,
Et je t'irais chercher la lune — avec les dents.

SCÈNE II

——

LES MÊMES, ISABELLE

ISABELLE, *à part*

Peste ! quelle promesse, et comme il faut qu'il l'aime !

COLOMBINE

Quoi ! tu ferais cela, Pierrot ?

PIERROT

Oui, tout de même.

COLOMBINE

Tu m'irais décrocher la lune ?

PIERROT

Pourquoi non ?
Je l'aurai je te dis, ou j'y perdrai mon nom.

COLOMBINE

Eh bien ! va la chercher, Pierrot, et, sur mon âme,
Je jure de t'aimer !

ISABELLE, *à part*

Oh ! la méchante femme !

PIERROT

Bien vrai ?

COLOMBINE

N'en doute pas, puisque je te le dis :
Puisque je te promets...

PIERROT

O saints du Paradis.
Que je vais être heureux !... Je vais donc, plein de joie.
Connaitre enfin des jours tissés d'or et de soie
Et chanter comme un nid de merles au printemps.

COLOMBINE, *froidement*

Tu m'a promis la lune ?

PIERROT

Eh bien ?

COLOMBINE

Va ! je l'attends.

Adieu !...

(*Elle sort*).

SCÈNE III

PIERROT. — ISABELLE

PIERROT

Bonsoir, cher ange aux désirs lunatiques.
Je vais gravir des monts aux crêtes fantastiques,
Escalader la nue et prendre dans mes mains
Phébé, plus vieille que les Grecs et les Romains.
Drapé dans le peplum et chaussé du cothurne,
J'arracherai du ciel cet astre taciturne
Et je le trainerai sans pitié jusqu'ici,
Pour que ma Colombine, enfin, dise : « Merci ! »
Et me donne un baiser divin pour récompense.

ISABELLE, *à part*

Je vais te l'apporter, ta lune.

PIERROT

Mais j'y pense :
Comment aller cueillir la belle au fond des cieux ?

ISABELLE, *à part*

Bon ! le voilà déjà qui devient soucieux
Et cherche le moyen de tenir sa promesse.

PIERROT

C'est bien plus malaisé que de dire une messe.

ISABELLE, *à part*

A moi de le sortir de ce sot embarras.

PIERROT

Vais-je rester longtemps à me croiser les bras ?
C'est que je ne vois rien, dans mon cerveau malade,
Qui me permette, hélas ! de tenter l'escalade.
L'échelle de Jacob n'est plus...

ISABELLE

Bonsoir, Pierrot.

PIERROT, *d'un ton bourru*

Bonsoir.

ISABELLE

Es-tu fâché, dis moi ?

PIERROT, *à part*

Je suis un sot !

ISABELLE

On croirait que tu viens d'enterrer ta famille,
A te voir.

PIERROT, *à part*

Que me veut encore cette fille ?

ISABELLE

N'as-tu pas aperçu tout à l'heure Arlequin
Rôdant de ce côté ?

PIERROT, *à part*

Le satané coquin !

ISABELLE

Il avait l'air fort gai, l'œil vif, la mine fière.

PIERROT, *furieux*

Mais cela ne me touche en aucune manière.
Entends-tu ?

Et je voudrais chercher la lune avec les dents. 1902

ISABELLE

Je croyais...

PIERROT

Tu croyais quoi ? Vraiment,
Je n'en parlerais pas s'il n'était ton amant.

ISABELLE

Oh ! Pierrot... que dis-tu ?...

PIERROT

Je dis que tu m'assommes
Et que je donnerais, certes, de fortes sommes
Pour n'entendre parler ni de toi, ni de lui.

ISABELLE

Je sais, mon bon Pierrot, d'où te vient cet ennui,
Et loin de m'en fâcher, j'excuse ta colère.
A Colombine en vain tu t'efforces de plaire,
Mais elle te préfère Arlequin, quoique laid.

PIERROT

N'est-ce pas qu'il est laid ?

ISABELLE

Affreux.

PIERROT

                    L'air d'un valet
Endimanché, dans son costume ridicule.

ISABELLE

Malgré tout, elle l'aime, et beaucoup.

PIERROT

                              Par Hercule !
Elle manque de goût.

ISABELLE

          C'est bien vrai.

PIERROT

                         Je rougis
D'être par ce rival chassé de son logis
Et de le voir heureux pendant que je soupire
Ainsi qu'un empereur privé de son empire.

ISABELLE

Ce n'est guère flatteur, j'en conviens. Mais aussi
Pourquoi te mettre en tête un amoureux souci
Et ne pas, la voyant à ta flamme rebelle,
Afin de te guérir, chercher une autre belle ;
Une qui t'aimerait, Pierrot, de tout son cœur,
Dont tu serais l'amant magnifique et vainqueur ?

PIERROT

Mais elle m'aimera, j'en suis sûr.

ISABELLE

                              Peux-tu l'être ?
Quel est celui qui peut dire : « Je suis le maître
D'une femme » ?

PIERROT

          Allons donc ! elle me l'a promis.

ISABELLE

Soyons francs et parlons comme deux vieux amis
Qui n'auraient en l'esprit nulle arrière-pensée.

PIERROT

Soit.

ISABELLE

     Que demande-t-elle ?

PIERROT

               Une chose insensée,
Mais une chose folle, énorme, à faire peur ;
A renverser les monts d'Auvergne ou la vapeur,
Arrêter les coureurs du Grand-Prix dans leur course
Et faire remonter les fleuves vers leur source.

ISABELLE

Bon ! explique-toi mieux.

PIERROT

Je ne puis.

ISABELLE

Sais-tu bien
Que je voudrais t'aider.

PIERROT

Bah ! j'irai comme un chien
Aboyer jour et nuit à l'objet qu'elle exige.

ISABELLE

La lune ?

PIERROT

Qui t'a dit ?.....

ISABELLE

Si je t'aidais, te dis-je ?...

PIERROT

N'en parlons plus.

ISABELLE

Pourquoi ?

PIERROT

                    Je suis fou, je le sais,
Car je ne doutais pas un instant du succès.
Je voulais l'inviter d'une façon civile,
Ou bien, pareil au clown du poète Banville,
Crever le firmament et retomber avec
La lune pleine et ronde accrochée à mon bec.
Maintenant je vois bien que j'ai dit des bêtises.
Je croyais mon feu mort ; voilà que tu l'attises
En soufflant sur la cendre un vain et fol espoir.

ISABELLE

Ecoute, mon Pierrot, je n'ai pas grand savoir
Et connais vaguement Chapsal et sa grammaire,
Mais j'ai depuis longtemps ouï dire à grand'mère
Que dame lune avait parfois de bons moments
Et qu'on ne comptait plus ses terrestres amants ;
Que, laissant l'azur pâle où la nuit la promène,
Elle daignait souvent prendre figure humaine
Et descendre à l'appel des mortels amour ux.

PIERROT

Serait-ce vrai ?

ISABELLE

       Pardi !

PIERROT

       Que je serais heureux

D'admirer un instant sa face réjouie
Et de l'offrir à ma Colombine éblouie !...
Mais comment s'y prend-on pour l'avoir, le sais-tu ?

ISABELLE

Sans doute. Il faut chanter sa gloire et sa vertu,
Lui murmurer des vers qu'on dit aux adorées ;
La prier de laisser dormir vents et marées
Et lui parler d'amour avec de tels accents,
Qu'elle ne puisse plus que dire : « je descends ».

PIERROT

Elle, chercher ainsi quelque bonne fortune ?...

ISABELLE

Mais c'est ce qu'on affirme.

PIERROT, *riant*

Elle est bête la lune.

ISABELLE

Oui, très bête, dit-on, surtout, mon ami, quand
Celui qui la veut prendre est un homme éloquent.

PIERROT

Laisse-moi lui parler, alors.

ISABELLE

Oui. Bonne chance !
Prends un air décidé, parle avec assurance,
Et dis-lui que pour elle, hélas ! tu vas mourir.

(elle sort).

(Pendant cette scène, la nuit est venue peu à peu.)

SCÈNE IV

PIERROT, *seul*

Mais voudra-t-elle aussi bientôt me secourir ?

(Regardant au ciel).

Dis-moi, le voudras-tu ? Vois, ô reine des astres,
Ce qu'en mon cœur l'amour a causé de désastres
Et combien il serait cruel à toi, vraiment,
De ne pas écouter les plaintes d'un amant.
Viens ! descends du ciel pur où grave autant que prude,
Tu te vois retenue encor par l'habitude
Et cent autres raisons qui ne valent pas mieux.
Ne suis plus ton chemin. Crois-moi, lâche les cieux
Et viens montrer ton nez et ta blanche bobine
A Pierrot qui t'admire ainsi qu'à Colombine.
Ayant quitté la voûte où le soleil s'endort,
Tu ne regretteras ni les étoiles d'or
Ni, le soir, les donneurs de tristes sérénades,

Car nous serons pour toi d'excellents camarades.
Nous te promènerons tous les jours en sapin ;
Tu liras les romans de Monsieur Montépin ;
Tu mangeras des choux à la crème — des tartes,
Et quand tu t'ennuieras, je te ferai les cartes.
Je baiserai ton front, tes lèvres, tes cheveux
Et même un peu le reste encore, si tu veux.
Tu seras, j'en suis sûr, heureuse d'être au monde
(J'entends ce monde-ci, notre machine ronde)
Et tu ne craindras plus de te briser les reins
En te laissant tomber un jour des cieux sereins.
Car l'invisible fil, pour tant qu'il soit solide,
Qui, depuis si longtemps te soutient dans le vide
Peut, je t'en avertis, se casser tout à coup,
Et tu risquerais fort de te rompre le cou.
Pour plus de sûreté, descends sur cette terre.
Je t'en prie, o Phébé pensive et solitaire,
Viens passer quelques mois ici-bas avec nous,
Et nous te ferons voir ensuite pour deux sous.
Tiens, elle a disparu....Déjà !.... Descendrait-elle ?....
Dieu, mon émotion en ce moment est telle,
Que je ne puis parler.... Plus rien.... Je crois rêver.
Qui sait par quel chemin elle veut arriver ?
Mais me trouvera-t-elle ? Holà ! lune blafarde,
Toi que le jour ternit, que l'obscurité farde,
Ne va pas t'égarer, surtout. Je suis ici
Et tu peux approcher sans peur.

(Isabelle, vêtue d'une robe noire, entre lentement)

Heu ! qu'est ceci ?

Cette faible lueur... cette forme... ces voiles...
Ce long vêtement noir tout constellé d'étoiles...
Ainsi vers moi qui donc ose avancer sans bruit ?
Qui vient là ?... Suis-je bête ! Eh parbleu ! c'est la Nuit.
Je vais m'en assurer. *(à Isabelle)* N'est-ce pas vous, Nuit sombre ?
Car je vous vois fort peu, madame, dans votre ombre,
Et — je dois l'avouer — je suis au désespoir
D'être si près de vous et de ne pas vous voir.

SCÈNE V

PIERROT. — ISABELLE

ISABELLE

Tu me verras plus tard. Pour le moment, écoute :
Si j'ai pu consentir à m'attarder en route,
Ami, c'est que j'ai pris souci de ton malheur.
Connaissant ton chagrin et ta folle douleur,
J'ai voulu te guérir et t'apporter moi-même...

PIERROT

M'apporter quoi ?

ISABELLE, *montrant une lune qu'elle tenait cachée*

La lune.

PIERROT

O Nuit, que je vous aime !
Mais tu ne me mens pas... C'est bien elle... c'est bien
Sa bonne face ronde ! Il ne lui manque rien
Que des jambes...

ISABELLE

Tu crois ? Elle marche assez vite
ans cela.

PIERROT

Cher amour ! Mais comme elle est petite !

ISABELLE

Il faut bien qu'elle soit ainsi pour voyager.
Comment sous mon manteau pourrais-je la loger ?
Car lorsqu'elle descend du ciel elle se cache.

PIERROT, *à la lune, en riant*

Vrai, nous ne voulons pas que personne le sache ?...

ISABELLE

Quand elle doit briller pour tout le genre humain,
On ne la porterait certes pas à la main ;
Mais c'est pour toi, Pierrot, pour te rendre service,
Pour toi seul, entends-tu, qu'elle se rapetisse.
N'a-t-elle pas raison ?

PIERROT

Oh ! si fait. C'est charmant.
Ouf ! j'étouffe de joie et de contentement.

ISABELLE

C'est le bonheur, ami.

PIERROT

J'en accepte l'augure.
Les baisers vont pleuvoir, joyeux, sur ma figure,
Et je me laisserai longuement embrasser
Sans jamais me défendre et jamais me lasser.
Mais il faut appeler. Tu vas la voir. De grâce
Quelques instants encor demeure à cette place.

(Il appelle)

Colombine !

(à Isabelle)

Et d'abord, donne-la moi, veux-tu ?
(à la lune) Viens, mon trésor, mon ange, affronter la vertu
De ma mie et sentir jusque sur tes oreilles
L'enivrante chaleur de ses lèvres vermeilles.

(Il appelle)

Colombine !

SCÈNE VI

Les Mêmes, COLOMBINE

COLOMBINE

Eh bien ! quoi ? Ne peux-tu t'en aller ?
As-tu jusqu'à demain juré de m'appeler ?

PIERROT

A tes pieds, mon amour, permets que je dépose...

COLOMBINE

Que diable tiens-tu là ?

PIERROT

Tu le vois, je suppose.

Mais c'est elle !

COLOMBINE

Elle, qui ?

PIERROT

La lune.

COLOMBINE

Ça ?

PIERROT

Mais oui,

Et de la posséder je suis tout ébloui.

COLOMBINE

Aussi facilement crois-tu que l'on me berne ?

PIERROT

Je te jure...

COLOMBINE

Va-t'en avec cette lanterne !

PIERROT

C'est la lune, te dis-je, et tu n'en peux douter.
Puisque voici la Nuit qui vient de l'apporter.

COLOMBINE, *à part*

Cela serait-il vrai ?

PIERROT

Vois donc sa bonne face...
Tiens, prends-là dans tes bras.

COLOMBINE

Que veux-tu que j'en fasse ?

PIERROT

Je l'ignore et ne veux même pas le savoir.
Je sais tout bêtement que tu voulais l'avoir
Et qu'enfin la voici.

COLOMBINE

Bon ! tu perds la cervelle,
Décidément.

PIERROT

Voilà certes chose nouvelle !
Quoi ! n'as-tu pas ici, vers le déclin du jour,
Voulu l'astre des nuits pour prix de ton amour ?

COLOMBINE

As-tu trop bu ce soir ? Moi — quelle sotte idée ! —
Ayant lorgné Phébé, je l'aurais demandée ?...

PIERROT

Mais oui.

COLOMBINE

Tu deviens fou.

PIERROT

J'ai fort bien entendu,
Et de ce changement je reste confondu.

Voyons, rappelle-toi. Colombine, mon âme,
Tu ne peux refuser la lune de madame.
Songe donc qu'elle vient du fond de l'horizon.

COLOMBINE

Je la refuse net.

PIERROT

Mais pour quelle raison,
Grands dieux? Explique-toi.

COLOMBINE

Vraiment je suis confuse
De dire les raisons qui font que je refuse,
Et vous êtes un sot, vous Pierrot, d'exiger
Un motif qui ne peut que vous désobliger.

PIERROT

Je n'y comprends plus rien.

COLOMBINE

Ah! les nuits seraient belles!
Nous pourrions, pour sortir, allumer des chandelles
Et nous nous casserions le nez à chaque pas
Si la lune, le soir, ne nous éclairait pas.
Plus de sentiers discrets remplis d'un doux mystère
Où les amoureux vont bavarder — et se taire;
Plus de lacs endormis où la rame en plongeant

Transforme l'onde calme en des larmes d'argent ;
Plus de tendres chansons aux rimes familières
Pour l'amante qui vient de clore les paupières,
Et plus de rossignol et plus de chants d'amour
Troublant la nuit profonde et noire comme un four !

(A Pierrot.)

Et tu voudrais, après cela, me voir joyeuse !...
Mais si j'avais été d'un tel monstre amoureuse,
Ta bêtise m'aurait guérie en ce moment.

PIERROT

Cependant, tu m'as fait, ma belle, le serment...

COLOMBINE

Eh ! sans doute, un serment obtenu par surprise
Mais va-t'en raccrocher la lune où tu l'as prise.
De ton amour pour moi désirant te guérir,
Je t'ai peut-être dit d'aller me la quérir,
Espérant demander une chose impossible.
Mais depuis que la Nuit, à nos peines sensible,
De la donner ainsi pense qu'il est urgent,
Je ne la prendrais pas — même pour de l'argent.

PIERROT

De grâce...

COLOMBINE

Allez au diable avec votre captive :

Clair de lune ......

Je ne puis accepter de lune portative.
Quant à toi, sois enfin moins bête désormais,
Car je ne t'aimerai jamais, jamais, jamais !

ISABELLE, *à part*

C'est ce que j'attendais.

PIERROT

Je sens que je défaille.

UNE VOIX, *dans la coulisse*

Au bord de la forêt brune,
Mignonne, au clair de la lune,
Ton amant t'attend ce soir.
Voici l'heure où tout sommeille,
L'oiseau, la fleur et l'abeille...
Mais mon cœur s'ouvre à l'espoir.

COLOMBINE

C'est la voix d'Arlequin.

PIERROT

Oh ! l'infâme canaille !

LA VOIX, *continuant*

Pour rêver le bec sous l'aile,
Sur quelque branche nouvelle
Les ramiers se sont posés.

La campagne est endormie,
Et c'est pourquoi de ma mie
J'entendrai mieux les baisers.

COLOMBINE

O Pierrot, que ceci te serve de leçon,
Car ta lune, mon cher, ne vaut pas sa chanson.
Du reste, ta chandelle est presque à moitié morte,
Et lui, c'est le soleil qu'à mon cœur il apporte !

(Elle sort.)

SCÈNE VII

PIERROT, ISABELLE

PIERROT

C'est fini, cette fois. Hélas ! pauvre Pierrot,
Je te le disais bien que tu n'étais qu'un sot.
Tu n'as plus qu'à t'aller jeter à la rivière
Avec la lune au cou, qui servira de pierre
Et t'entraînera vers le pays des goujons,
Où le caviar fleurit au sein des esturgeons
N'est-ce point malheureux ?... Vite, une forte corde...
Mais que lui fallait-il enfin, miséricorde ?
Elle me dit : Va donc chercher cela. J'y vais :
J'accours le lui porter. Alors, d'un ton mauvais,

Après avoir lorgné ce joyau magnifique
Comme il n'en est pas deux au ciel, parure unique
Que nul jusqu'à présent ne put même approcher,
Elle m'invite, hélas ! à l'aller raccrocher.
Le doux amour promis dont je me faisais fête
Se traduit par les mots : Vous êtes une bête.
Il me faut renoncer, je crois, à tout effort :
Contenter une femme ? oh ! non, plutôt la mort !

ISABELLE, *(Elle a quitté sa robe noire)*

Et ma lune, Pierrot ?

PIERROT

Tiens ! la Nuit me rappelle
Que je ne puis garder cet objet...

*(Au moment où il va lui rendre la lune, il reconnaît Isabelle.
Il essaie de cacher la lune derrière lui).*

Isabelle !

ISABELLE

Eh bien ! rends-moi cela.

PIERROT

Quoi, cela ? Je n'ai rien
A toi !

ISABELLE

Mais cet... objet que tu caches si bien.

PIERROT

Ilt' appartient ?

ISABELLE

Sans doute.

PIERROT

                Ainsi c'est toi coquine,
Qui me fais présenter la chose à Colombine
Et qui me vaux l'honneur qu'on se moque de moi ?
Tiens ! tu mériterais....

ISABELLE

              Eh ! grands dieux, quel émoi
Et quel homme emporté !...

PIERROT

              Si j'avais une trique !

ISABELLE

Tu voulais une lune...

PIERROT

            Une lune authentique,
Et non point cet objet ridicule et sans nom.

ISABELLE

Crois-tu qu'on t'aimerait pour cela ?

PIERROT, *après un silence*

Parbleu, non !
Car elle n'a pas su voir clair dans cette histoire,
Elle s'est écriée : « Oh ! la nuit sera noire,
Et je n'oserai plus sortir, le soir venu. »
Pauvre chatte !

ISABELLE

Elle a mis ainsi son âme à nu.

PIERROT

Te tairas-tu, démon !

ISABELLE

Tu te fâches ?

PIERROT

Oui, certe,
Car je ne suis pas fier de cette découverte.

ISABELLE

Elle a pourtant son prix, puisqu'elle te permet
— Dure épreuve — de voir combien elle t'aimait.

PIERROT

Je ne le vois que trop.

ISABELLE

Dis, tu boudes ?

PIERROT

Peut-être.

ISABELLE

Ah ! mon pauvre Pierrot, apprends à nous connaître :
Les femmes sont ainsi faites qu'il ne faut pas
Pour s'en faire adorer s'attacher à leurs pas,
Et que tout cœur blessé qui sanglote et qui saigne
Est justement celui que souvent on dédaigne.
Crois-moi, Pierrot, l'amour est très capricieux.
Pour Colombine en vain tu dépouilles les cieux,
Et pour elle tu fais ce que nul ne peut faire.
Croyant, toujours naïf, enfin la satisfaire :
Elle se rit de toi.

PIERROT

La sotte !

ISABELLE

Sache encor
Que rien ne lui plairait. Tu serais cousu d'or,
Que son mépris serait exactement le même :

La lune ni l'argent ne font point qu'on nous aime,
Et tu lui donnerais aujourd'hui tout ton sang,
Qu'elle se moquerait de toi, pauvre innocent.

PIERROT

Tu le crois, Isabelle?

ISABELLE

Eh pardi! j'en suis sûre...
Tandis que d'autres vont, saignant d'une blessure
Que nul ne veut guérir et que nul ne connait;
D'autres filles qui n'ont point jeté leur bonnet
Par dessus les moulins et qui, vierges et chastes,
Ne sauraient demander des choses aussi... vastes
Et n'exigeraient rien pour prix de leur honneur...
(*Tristement.*)
L'homme passe souvent à côté du bonheur
Sans seulement le voir.
(*Elle essuie une larme.*)

PIERROT

Tu pleures?

ISABELLE

Que t'importe!...

PIERROT

Ma chère, qui te fait me parler de la sorte ?
Alors... tu m'aimais donc ?...

ISABELLE

Tu ne l'avais point vu ?

PIERROT

Non pas. (a part) O doux aveu que nul n'avait prévu !
C'est qu'elle est adorable !... Et bonne autant que belle.
(Haut) Mais pourquoi ne disais-tu rien, chère Isabelle,
Et me voyant d'une autre, hélas ! fort amoureux,
Pourquoi porter ceci ?

ISABELLE

Je te voulais heureux.

PIERROT

Comptant sur mon succès, grâce à cet artifice,
Tu faisais de ta flamme ainsi le sacrifice,
Pour ton Pierrot ?

ISABELLE

Pour toi.

PIERROT,

Pauvre cœur incompris.
Ah ! sur tes sentiments que je m'étais mépris !...
Elle est, ma foi ! charmante .. Et moi j'irais encore

(montrant la maison de Colombine)

Sangloter maintenant devant cette pécore

Dont le mensonge infâme est le moindre défaut !

(se tournant vers Isabelle)

Non, non, la voilà bien la femme qu'il me faut.
Je n'en saurais trouver jamais de plus fidèle,
Et si j'ai le bonheur, je veux le tenir d'elle.
Ecoute, mon trésor, je t'épouse demain.

ISABELLE

Toi, m'épouser, Pierrot ?

PIERROT

Je demande ta main ;
Me l'accorderas-tu, bel astre ?

ISABELLE

Mais la lune,
Qu'en ferons-nous ?

PIERROT

D'abord, mon cœur, point le rancune.
Je veux tout oublier. Pour... l'objet qui pâlit,
Va ! nous l'accrocherons au ciel de notre lit.
Et la lune de miel depuis longtemps rêvée,
Grâce à toi, me parait enfin toute trouvée.
Mais pour l'honneur de ton époux reconnaissant,
Il ne faudra jamais la changer en croissant.

ISABELLE

Ne crains rien.

PIERROT, *au public*

     Maintenant je renais, je respire,
Et je devrais, étant heureux, ne plus rien dire;
Mais de tout ce bonheur qui doit sembler parfait,
Messieurs, je ne suis pas encore satisfait ;
Il me faut mieux. A vous de combler la lacune.
Pourtant, rassurez-vous, je ne veux pas la lune
Et renonce aux projets un moment caressés,
Car je suis devenu modeste : applaudissez.

RIDEAU

www.ingramcontent.com/pod-product-compliance
Lightning Source LLC
Chambersburg PA
CBHW061659180626
46818CB00003B/1172